KB266807

하늘로 다리를 뻗어
아이를 낳을 테다

울력의 詩 06

하늘로 다리를 뻗어
아이를 낳을 테다

배선윤 지음

울력

하늘로 다리를 뻗어 아이를 낳을 테다

지은이 | 배선윤
펴낸이 | 강동호
펴낸곳 | 도서출판 울력
1판 1쇄 | 2026년 3월 30일
등록번호 | 제25100-2002-000004호(2002. 12. 03)
주소 | 08275 서울시 구로구 개봉로23가길 111. 108-402
전화 | 02-2614-4054
팩스 | 0502-500-4055
E-mail | ulyuck@naver.com
가격 | 11,000원

ISBN | 979-11-85136-82-0 03810

차례

4부 우리말 (걔)사전

1부
아버지, 나의 유년

아버지의 이름

새벽보다 먼저 깨던 아버지의 하루는
도라무통 타들어가는 나무와 함께 꺼져갔다

누가 그의 이름을 불러 딱 3만원이 되는 날만큼은
한 집안의 아버지였다.

아무도 그 이름을 부르지 않는 날수만큼
흰 머리 늘어갔고
딸의 유년은 비온 뒤 풀처럼 맥없이 컸다.

이름 없는 아버지의 날들이 메울 수 없는 구멍 속으로
떨어질 때마다
하루씩 자라는 딸

얼근한 취기에 객기를 불어넣던
지폐 석 장에 지워진 이름

그래도 또 하루,

볕이 덜 들어 세가 덜 드는 방
어머니 한숨 윗목에 쌓여 발목이 빠졌고
밥을 덜 먹고 잠을 덜 자는 밤
통금을 알리던 사이렌에 떠 밀려 들어온
아버지의 갈 데 없는 취기는 선잠 든 딸 헝클어진 머리
맡으로 떨어졌다.

마주칠 사람 없어 덜 외로운 길
흔적 없는 발들이 바쁘다.
옆집 아이 울음은 깊은 밤의 배를 가르고
지나던 바람은
아무에게도 말을 걸지 않았다.

볕들지 않은 방의 밤은
늘 젖어 있었다.

베개 대신 두 팔 포개 베고 잠드는 방
저린 팔 가위에 눌려 깨지 못하는 밤

하루의 기도가 취객의 토사물에 덮이던 길

꿈은 어지럽고
거꾸로 매달린 시간은 빈혈처럼 흐려졌다.
하루도 젖지 않은 밤은 없고
마르지 않는 날들이
내일처럼 버티고 선다.

오늘만 어떻게든 버텨내면 그래도
또 하루, 견딜 만할지 모른다.

지난, 밤

눈 드문 내 고향, 마른 유년, 보는 눈 없을 때, 엄마 땀
때 묻은 헝겊쌈지 살금살금 더듬던
열 살 아이 간 큰 손가락 같은 새벽눈 몰래 내리던 드
문 날,
고요는 숨소리를 타고, 잠들지 못하던 아이의 발, 댓
돌 위에 달랑거리면,
달 숨은 붉은 밤, 복면 쓴 도둑의 눈처럼 반짝이는 눈
을 뿌린다.
지난 밤, 지난한 기억, 허물어지던 흙담과 쇠고리 녹슬
던 나무 대문 사이에서 삐걱거린다.
그저 지난, 밤, 이다. 지난했는지도 모르던
붉었던 밤이 하얀 눈으로 녹으면,
석면 슬레이트 처마 아래 고드름 자라고
아무도 보지 못한 지난 밤의 눈은 녹슨 철로 따라 흘
렀다.

낡은 구두창

나의 20대, 나타샤를 사랑했던 백석 닮게 살겠다
치기에 발목이 잠겨 비틀대던 그 시절
아버지의 구두는 한 번도 바뀐 적이 없었다.
기름밥을 먹어도 신발은 단정해야 한다며
기름때 한 점, 먼지 한 톨 없던 아버지의 구두코

이 빌어먹을 도시에는 눈도 내리지 않아
눈만 푹푹 내리는 날을 백석처럼 사랑할 수 없다던
객기를 웃어넘기던
아버지의 구두는
늘 광이 났다.

멀리서 개가 짖던 볕 좋던 초여름
아버지 가시던 그날,
단벌의 구두를 안고서야 울었다.

태우지 못한 아버지 단벌의 구두
반짝이 구두코로

메우려던 아버지 뚫린 밑창이 서러워서

흰 당나귀를 찾겠다고 헤매던 내 빈 날들을
아버지 구두, 하루씩 닳았던 날들로
채우고 있었는데
아버지 몽키 하나로 채우던 나의 시간들
아무리 구두창이 닳아도 걸음
가벼워지지 않았던 아버지의 시간들
구멍 난 아버지

유년 1

초록 대문 마주보며 붉게 녹슬던 어린 날
눈 내리는 밤
아버지는 손님처럼 다녀갔다.

머리맡 식은 사기잔 바닥에 말라붙은
아버지 소식과 노란 바나나 한 개

바나나 노란 향기에 코끝 시려지던
아침

이게 얼마짜린데, 아버지가 너 먹으라고……

바나나에 검은 점이 생길수록 아버지 냄새만 짙어졌
다.
한 입도 베어물 수 없던
노란 향기

사랑

옆집 강아지 울음은 정오가 가까워질수록 선명해진
다.
강아지가 울면 철제 현관문에 다가가 귀를 붙인다.
차다.
강아지 울음이 더 커진다.
틀림없다.
까만 발바닥에 빨간 피가 스미도록 철제 현관문 긁는
소리
깨갱 깨애깽 끄아아깽

유령처럼 소리를 감추고 현관문에 귀를 차악 붙이면
강아지 깨갱대는 소리, 이도(耳道) 깊숙이 찌른다.
질끈 눈을 감는다.
아, 아버지
당신의 혼자는 어떠셨나요

그랬네,

울면서 왜 아빠를 부르냐고, 이상하네
덜컥 겁 먹은 딸꾹질로도 아빠야, ……일부러 그러나
악몽이 깨운 새벽, 베개까지 끌어안고 다 큰 딸년이 왜
아빠 가슴팍으로 파고 드냐고,
엄마는
눈을 흘겼다.
그랬네, 내가

성한 손가락

나는 성한 손가락이다.

아버지도 있었고, 대학도 나와서 아픈 손가락이 될 수 없다.

—네 언니는 아버지도 없고 중학교밖에 못나와 평생 미싱만 안 밟았나!

남편 잘 만나 먹고 살 걱정 없이 딸, 아들 구별 없이 둘만 낳아 성하기만 하다.

—네 동생은 시집 가 이태만에 남편 잃고 혼자 저러구 고생만 안 하나!

아주 적당하게 갖추고 있으니까 성하디 성한 손가락이다.

평생 한 번도 엄마의 아픈 손가락은 내가 된 적이 없다.

소녀

죽어라고 하지 말라는 짓만 골라 하는 애들이 있었다.
교복치마를 일부러 뜯어고쳐 궁뎅이 불룩 내밀고
연필 대신 아이펜슬 쓰던 애들
쉬는 시간만 되면 삼삼오오 낄낄대며
찍찍 이 새로 침 갈기던 애들
청소 시간 창틀에 등붙이고 공주님 손거울에
요리조리 비춰가며 눈썹을 칠하고
입술을 그리며
빨리 어른이 되고 싶어하던 애들
가방 맨 밑에 몰래 감춰온 가슴 푹 패인 셔츠로 갈아입던
그렇고 그런 애들

나는 자꾸 왼쪽 가슴 아래가 간질거렸다.
부득부득 우겨가며 나이를 당기는 애들
때가 되면 다 할 수 있는 거라고
말리면 말릴수록
고집만 세어지던 애들

그 애들이 버리고 싶었던 소녀가 내게는 너무 오래 남
았다.
그 애들이 당긴 시간이 흐르질 않아
어른들의 말을 철석같이 믿었던 내 안에
아직도 화장 한 번 하지 못한
어리버리한 소녀가 산다.
엄마 말만 믿었던 내게는
그때가 오지 않았다.
선생님 말씀 착실하게 들었던 내 가슴 속에는
비쩍 마른 소녀가 여적 살고 있다.

영어단어장 위로 까르륵 넘어가던 그 애들 웃음이 귀
뚜라미처럼 튀어 들어온다.
어른들의 눈 피해 달아나려던 그 애들 발랄한 발끝이,
가을바람처럼
왼쪽 가슴 아래를 간지른다.
말 잘 듣는 착한 아이는

얼어붙은 미라가 되고
시린 손끝이 더듬거리는 시간이 절뚝거리는 뒤꿈치를
잡는다.

언제여야 고운 화장을 하고 어른들의 눈을 피해
첫사랑을 만날까
얼마나 더 자라야
그때가 되는 건가요, 엄마.

하루방(하꼬방)

살 날 하루 남은 할방, 하루를 쪼아 만든 돌할방
평생 세 든 해 들지 못해 곰팡이 차는 방
방방곡곡 구석구석 방방곳곳 곰팡곰팡

곰방대가 없어도 지팡이가 없어도 돌할방은 꼼짝도
않고 잘도 버텨 섰다.
어디 올 테면 오라고, 두 눈 똑바로 뜨고
아무 것도 뺏기지 않으리라 입 꾹 다물고
코만 베이고 섰다.

할방 코를 훔쳐간 새댁은 아들만 셋 낳고 고둥껍질처
럼 비어져 갔단다.
할방처럼 굳힐 하루도 남기지 않아, 제 몸 널 한 평 자
리도 없어
우물가 아낙들 입에서 입으로 떠내려갔다.

떠다니던 말, 비 되어 떨어지고
떨어진 비 땅속으로 스며 나무를 타고

나무가 흔들릴 때마다
할방은 새댁의 빈 고둥 우는 소리를 들었다.

샛바람 골 타고 윙윙대는 소리에, 할방의 꿈이 깨지고
땅이 갈라졌다.
남쪽 섬 어디선가 지진이 일었다던데, 발 묻힌 할방이
갈 곳은 없었다.

하루방의 하루 남은 삶을 종지시킨 비가 그치고
갈라진 땅 모른 척 입 다물고
우물가엔 다시 아는 체하는 아낙들의 말들이 두레박
을 타고 떠올랐다.
그랬단다 그랬단다 그랬단다
단다, 단다, 단다.
단 것이 속인지, 몸인지, 목인지도 모르고
아무 것이나 달아 올랐고
아무 것에나 불을 지폈다.
장작도 없는 불은 연기도 없이 잘만 탔고

발 없는 말은 천리마가 되어 날았다.

하루방은 누운 채 눈 뜨고 잔다.
세상을 모로 보며 세운 입을 다물고
할방이 굳힌 하루
빈 고둥껍질 속에 똬리 틀고
빈 코 자리 위에
소문만 무성히 자란다.

부고는 없었다

파도 잔주름 새로 토끼가 운단다.
목구멍에 바다가 사는 줄 모르던 아이는
자기가 삼킨 것이 토끼 살던 마―ㄹ이라는 걸
모르고 잠이 들었다.

해변의 하늘은 맑았고
별은 빛났다.
은하수 흐르던 그믐의 밤

그물에 감겨 퍼덕이던 과거를 안은 채
어느 집 밥상에 오른 물고기는 눈이 멀었고
부고는 없었다.

까마귀 나는 길은 검어서 눈부시다.
이름 없이 걸어가는 길은 비어서 슬프다.
기어이 홀로 떠난 과거는
투명해서 아무도 깨우지 못한 채 흐르고 만다.

부고는 없었다.

왜…

왜 울어도 된다고 생각했을까
성급히 베어 물 때마다 허기지던 소보로빵 부스러기
들처럼
뭐 되는 대로, 한 푼어치 의도도 없이
놀이공원 풍선아저씨 손에 매달려 빵빵해지던
풍선에 꼭, 뾰족한 가시 딱 한 번만 대보고 싶었던
머리보다 한 발 앞서 훅 떠밀리듯

그렇게 깊은 밤도 아니었고,
어디선가 꽃잎 뿌려주는 바람이 일었던 것도 아니었
는데
왜,
울면 안돼! 끄윽거리며 참아야 했던 그 밤
왜,
울어도 된다고
나는
믿어 버렸을까?

유년 2

유년은 검다.
어린 것들은 흑백이다.

희고 검은 두 장면이 번갈아 깜빡거린다.
유년은 검다.

열렸다 닫혔다 닫혔다 열리는 문 뒤에서
유년은 낮잠처럼
젖은 바짓단처럼
무겁게 무겁게 끌려온다.

밤은 시멘트처럼 굳어가고
기억은 뚝뚝 부러진다.

전설

반 접어 넌 수건 아래
곤두박이 머리 하나
가라, 가라, 가라.

손사래 박자 맞춰 흔들리는 머리 하나
입이 뜨고
눈이 열려
빗물 코로 받아마신다던
꽝철이

삶아 뽀얗게 빨고 꾸욱 짤아 넌
수건 자락에 매달려 히죽 웃는다

가라, 가라, 가라.
비만 오면 꽝철이가 곤두박이 머리로 뛰어다닌다던
동네는
아무도 살지 않는 아스팔트에 덮이고
갈 곳 없는 꽝철이, 우리 집 빨랫줄에 널렸다.

발이 작은 아이

발이 작은 아이는 자주 넘어졌다.
맑은 날은 무릎이 까지고, 흐린 날은 발목을 접질렀
다.
발이 작은 아이가 넘어지는 곳마다
물이 고였고
물 고인 자리에 빠진 아이 발이 걸음을 물었다.
물린 걸음이 절룩거렸고
절룩거린 마디마다 시간이 고였다.
고인 시간마다 아이의 발이 묶이고
발이 작은 아이는 아무 데도 가지 못하고 넘어만 지고
있었다.

아홉 살

어두운 건 무섭다.
무서워서 무서운 게 아냐
어둡다고 하니 무섭다.

내 아홉 살 실타래가 풀린다면
아마
슬픔은 얼굴을 반쯤 가린 채 눈만 말갛게 뜨고 깜박
깜박 거릴 지도 몰라.
가끔 네 발로 기고 싶을 때는
빛 틈 없는 다락 구석에 무릎을 세워 모아 꼬옥 안고
시간을 달랬지.

무서워서 무서운 게 아냐
어둡다고 하니 무섭다.

내 아홉 살점이 떨어져 실이 풀리면
촛농 떨어지던 다락바닥에 떨어지던 어둠
자꾸 어둠만 떨어져 밤이 붕붕거리며 날아다니던 그

날들이
　　온 시간을 덮어버릴 지도 몰라

　　어두운 건 무서운 거야
　　어둡다고 하니 무서운 거야

계란후라이

해바라기 닮은 계란후라이
하얀 이파리 노란 속 청개구리 후라이
사기 접시 위 보석처럼 간들거리던 노른자
몽실대는 흰자에 둘러싸여 젓가락 끝으로 툭 건들리면
추룩 눈물처럼 쑥 빠지던 농밀하던 비린내
아버지 어깨 뒤에서 젓가락만 빨고 앉아
남동생 입으로 빨려들어가고 남은 비린내만 맡던,
어제 무친 무른 시금치 가닥만 세던 아침 밥상
엄마, 배 아파
엄마, 손 아파
엄마, 다리 아파
엄마, 머리 아파
아파, 열도 나고, 걷지도 못하겠어.
엄마, 엄마, 엄마, 엄마
나도 저거 하나 먹으면 안 돼?
내 뱃속에도 노란 후라이 해바라기 하나 심어보면 안
돼?
그럼 나도 해바라기처럼 클 지 모르잖아.

2부
고양이

앵두, 봄

자글자글 앵두꽃 소란스럽던 봄
안개비에 적요해지고
봄은 익는다.

익은 봄 한 입 베문 고양이
도둑발로 사라지고
하루 더 농해진 봄

살구꽃 봉오리에 맺힌다.

레퀴엠

무더위 하루 더 계단을 올라 정점을 찍는 밤
고양이가 먼저 더위에 깔린다.
온대 위에 덮인 열대의 밤
잡초는 무성했고
족제비의 사냥은 무자비했다.

더위에 취한 밤
들지 못한 잠
족제비 푸른 눈

낭자한 아침의 주검 위에
위로 없는 삽으로
흙을 덮는다.

오늘 밤은 어제보다 더 기온이 높겠습니다.
처서가 지나도 가을은 오지 않습니다.

새끼 잃은 고양이 푸른 울음 뜨거워진다.

환상

길고양이처럼 졸다 꿈에 풍덩 빠졌다.
입술을 잃은 아이가 울고
꼬리 잃은 물고기는 눈만 멀뚱하여 가라앉고
이빨만 남은 늑대, 허공으로 날았다.

아이의 열경기처럼 깬, 꿈은
정거장으로 밤을 건너고
이빨만 남은 늑대 우는 소리는 하얀 달 아래 갈 길 잃
었다.
가라앉던 꼬리 없는 물고기의 흔적은 비리고
입술 잃은 아이의 울음은 귓전에 쳇바퀴 돈다.

협박

숨을 곳이 없다.
겹겹이 덧붙인 문풍지 틈 악착같이 비집고 들어오는
샛바람 같은 소리들
"넌 혼자가 아니야."
"넌 혼자가 아니야."
목을 죄어온다.
띄어 쓴 곳마다 고양이 머리가 들어온다.
소리가 틈을 메운다.

아무도 위로할 수 없는 공동의 시간들
아무 데도 비지 못한 곳들

사람을 피하면 바람이
바람을 피하면 소리가
소리는……
내어준 왼뺨에 오른뺨까지
할 것 없이 그냥 맞고 있어야지

아침

안개 갇힌 산 아래 마을에
사는 새, 안개 머리 뚫고 날고
감나무 순 뾰족거리면
지난 비에 젖었던 것들이
툴툴 터는 시간
요란한 비에 주린 고양이들
일찌감치 찾아와 새벽을 보채며 아침을 부르고
밤새 한 뼘 넘게 더 자란 풀에 가려진 거리는
시작도 끝도 잊혀지는
시간
시간보다 앞서 도망가던 안개의 발
고양이 하품에 묶여 더뎌지고
숨 한 번 참고 먼 산으로 던지는 눈길
아침이다.

가끔

42

말을 하고 싶다.
그보다 더 가끔은 짖고 싶기도 하다.
어쩌다 한 번 비 오는 날이면
길바닥에 눌어붙은 고양이였던 흔적 위에
몸뚱이를 포개 뉘어
열 셀 동안 숨어야 하는 술래 등에
스멀스멀 기어오르고 싶다.

가끔은 말을 하고 싶다가
가끔은 말을 닫고 싶다가

삶의 풍경

새는 땅에 가깝게 날고
개는 하늘을 물었다.
물린 하늘은 붉게 탔고
바람이 몹,시 불었다.
하늘을 베문 개는 잠이 들었고
그 잠 위로 고양이가 걸었다.
추수 끝난 들판에는
늘어진 석양이 누웠고
버려진 깨밭 너머로 이국 여인의 정수리가 흔들린다.

마른 물고기, 바람에 울리자 밤이 맺혔다.
누가 울던 소리, 밤은 방울지고 있었고
어제 다리를 부러뜨린 고라니는 숨만 고르며
남은 삶을 말리고
아무도 보지 못한 곳에서 잠들던 고양이 뒷발자국 사
라질 즈음,
고르던 숨을 마저 거둘지도 모른다.

농사를 짓는 이유

몇 걸음인지 세 보진 않았는데,
한 겹, 두 겹, 세 겹, 겹 너머 해가 뜨고,
능선 따라 성큼거리다 아침을 채운다.
마당까지 당도한 볕 걸음을 따라 고양이 발 맞춰 걷는
다.
어디 가서 즐비하게 죽어 누운 것들 앞에서 얼마요 묻
지 않고
땅에 뿌리 꽂고 살아 있는 상추 시금치와 안녕, 중매
없이 인사한다.
이슬 젖은 정구지 한 줌 잘라내며 오늘 한 끼 채워줘
감사하다 합장한다.
어린 호박 푸른 얼굴 꺾고 마른 곁잎은 털어준다.
오늘 열매는 내게 주고, 내일 열매는 너의 다음 해가
되도록 두마 지킬 수 있는 약속을 해도 된다.
하루가 다행이다.
어디 가서 얼마요 묻지 않고
쑥 내민 돈 몇 푼에 팔려온 것들로 내 식구들 밥상을
차리게 되지 않아

무척
다행이다!

3부
우리의 시대

쉿!

1.
취한 눈은 물고기 주둥이처럼 열렸다 닫힌다
눈이 열리면 땅거미 같은
말이 비틀거리고
눈이 닫히면
소주잔에 감긴 물고기 주둥이에서
말이 샌다

떨어진 살점을 하나씩 찍어다가
새벽을 그린다
새벽에는 모두 주검으로 만나자
우리, 눈 닫은 채, 그렇게만 행복하자
벌써, 새벽 앞에 장렬하게 비틀린 닭 목의 피는 아무도
볼 수 없을 테니까

2.
숨을 죽이고 나면 살릴 것이 무엇인지 모른다
죽인 숨을 살려야 할지

숨을 죽여 너를 살려야 할지

입을 막고 공간을 가둔다
다 가두고 나니 비었다
빈 곳이 울린다

숨을 죽이고 울림
울린 너를 죽임
입을 틀어막고 숨을 죽임
죽인 숨에 텅, 빈, 가슴

아무 것도 살지 않았으니
아무 것도 죽일 것이 없다

숨만 죽이면 그만이다
비틀린 닭목쯤이야

노래 감상문*

쓸 수 없는 시간 사이로 벌어진 허
빈 허에서 태어나 유영하는 실
가수의 입에서 뽑아내는 실에 감겨
허는 고치 속으로 숨는다

* 가수 이승윤의 노래 〈여백 한켠에〉를 듣고.

희망

소원이 죽었다.
기대가 죽었다.
혁명이 실패하고 절망이 도래했다.
그럼에도 불구하고
라고
쓴다.

왼쪽 귀가 얇아졌다.
소리는 무례하게 귓바퀴 턱을 넘었다.
아침은 소란스러웠고
햇살 담은 창은 날카로운 비명을 꽂았다.
왼쪽 귀가 얇아졌고, 하루는 다시 위태롭다.

에로스의 날개를 잘라내고 부엉이 눈알을 붙여
천천히 세상을 다시 보자.
나의 세상에 남은 것들이 말이라는 것을 뱉지 못하게
녹은 밀랍으로 열린 구멍을 막으며
듣지 못하는 귀에 끓는 기름을 붓고
뒤돌아서 하ㄴ하ㄴ 소리내 웃어 보자.

시

53

시가 들어온 공간은 헝클어진다.
고요하게 젖은 시간의 바닥이 일어난다.
시는 성가신다, 내가.

하늘로 다리를 뻗어 아이를 낳을 테다

물구나무를 심는다.

푸욱, 한 삽 파 낸 땅 속에 두 발 또-옥바로 잡아 머리를 묻고

양짝 다리 공중으로 균형 맞춰, 곧게 V, 발목 끝까지 제끼고!

쭉!

이때, 호흡이 중요하다. 후후 하하 후후 하하, 일명 라마즈

(때맞춰 물도 주고, 비료도 주서야 합니다.

아! 가끔 죽거나 시드는 가지는 두눈 질끈 감고 잘라 버려야 해요.

그래야 잘 자라요.)

조막만한 검은 머리, 콩껍질 밀리듯 삐져나오고

봄날 새싹처럼 아이의 눈, 쏙, 코, 쏙, 입, 쏙, 턱, 쑤욱, 올라오겠지.

하이가 자라는 만큼 묻은 머리 아래로 뿌리가 깊어지고

아이의 입으로 말이 나고 잎이 나고 출렁이는 시간들
이 나무를 흔들거야.
　나무가 흔들려 우는 소리 마디마디
　바람이 흐르고
　바람이 뱉은 말, 낙엽으로 쌓이고
　부목 대신 짚은 손바닥 아래로 빗물 스미고
　땅속으로 뿌리가 더 깊이, 깊이 번져가면
　물구나무에서 핀 아이가 열매를 맺을 거야.
　공중에서 부양한 나의 아이는 날개 없이 하늘로 추락
하겠지.

　바람은 나무를 흔들고
　시간은 열매를 흔들어
　바람은 나무를 흔들고
　시간은 열매를 흔들어

　물구나무 위에 핀 아이의 열매가 벌어지는 날,
　물구나무 한 그루를 더 심을 거야.

아이가 머리를 묻고 다리를 벌려 아이를 낳을 거야.
봄이 아닐지도 모르지
그래도 물구나무 위로 바람이 불고 시간이 흔들리겠지.
허공으로 뻗어 가늘게 떨리는 다리 위로 하늘이 푸르고
손바닥 아래 흙이 얼어가면
마지막 가지 끝, 얼어버린 발가락 위
눈꽃 하나 필 지도 모르지.
언 땅 위로 마른 잎 떨어지듯
발가락 파스라지고
무너지는 바람에 고사목 되어 마른다.
물 마른 땅 속 나라 갈라지던 머리들
오지 않을 봄에 목, 마른다.
마른 목 타고 내려 묻은 허기에 나무는, 눈이 감긴다.

다시 오지 않을 봄이라고
전설을 노래하던 아이들은 사라지고
물구나무 잘린 목만 남은 그루터기에 내려앉은 낮은
볕 아래로

바람이 뚝뚝 지고 있었다.
뚝, 뚝, 뚝,
지고만 있었다.

기다림

어느 만우절에 거짓말이 죽었고
어느 겨울엔 신이 태어났다.
먼 길을 돌아와 신에게 고개 숙이고
왜 신은 기도를 들어주지 않는지 따져 물어야 했다.
내 손은 오래 굽어 있었고
의사들이 내리는 진단은 물보다 흐렸다.

아마 오늘은 비가 오지 않을 거다.

유통기한 지난 우유를 얻어 먹는 아이의 눈에서
오늘 하루 굳이 이어진 삶을 본다.
좀머씨든 구보씨든 그들의 일일은
더 흐르지 못하고 꾸덕꾸덕 마른 생선처럼
동공이 썩어가고 있었다.

이제 오지 마.
사람 사이에 내리지 말고 산으로 가.

광고지 사이에 끼인 미아의 얼굴처럼
단 하루도 비틀리지 않은 날이 없었고
아무도 자란 얼굴을 알지 못했다.
비는 내리지 않을 것이다.

오래 오지 않은 소식을 한 장의 사진 안에 담아 두고
길게 비를 기다릴 것이다.
비는 내리지 않을 것이고
기다림은 오래 이어질 것이다.
그러다 세 자리 국번처럼 사라졌고
인사는 없었다.

입추

시간의 마디 똑똑 잘라 징검돌을 놓는다.
이리떼처럼 몰려다니는 더위 한 가운데 푹 찌르듯, 입
추
한 줄기 가을
고추밭 이랑 위로 떨어진다.

이름

너의 이름을 써 두고 거기 없는 너를 만진다

生과 死 두 글자 사이에 영매처럼 걸린 발톱과 손톱에
서
피가 나고 식은땀이 흘러도
알지 못할 너를 원망하며 시간 속으로 나를 가둔다
태어나지 못한 생명의 잠은 시간을 떠나 자유로이 날
고
죽음으로 들지 못한 주검의 꿈은 망령으로 부유하고
있었다

꿈,
이름들이 사라지고 살들만 춤추고 있었고
이름에 영어되지 않은 너, 그 살들 속에서 금이 간 웃
음을 띠고
웃음의 금 사이로
흐르던 물 방울지기 전 땅이 무너졌고
디딜 곳 사라진 공기들은 구름으로 다시 영글어질 수

없었다

　　너의 이름 새긴 붉은 부적 속에서
　　태어나는 건 네가 아님을 나만 모르고 있었다 치자
　　부적을 떼면 볏짚허재비로 돌아갈 너를
　　내 손에만 움켜쥐고 있었다 하자
　　그래도 살아야 하니까
　　그래도 숨을 쉬어야 하니까
　　아무도 환상을 환상이라 부르지 않는 이 곳에서
　　저 곳까지 이어질 끈을 너의 볏짚을 풀어 꼬아보기라
도 해야지
　　延---命, 염병

　　꼬깃꼬깃 말아둔 뭉치를 풀고 풀고 또 풀어
　　누가 너였는지
　　어느 마디가 너의 이름이었는지 흐려지는 기억
　　삭아가는 끈처럼 아득해지면
　　삶을 디디고 살아온 발, 밑으로 삼도천이 흐르고 있었

다는 걸 알까
　낮은 데서 높은 데로 역류하는
　삼도천을 따라 나도 그저 흐를 뿐이었다는 것을
　너는 알고 있었겠지

　너는 어디서부터 시작되었을까
　너를 풀어낸 지푸라기들은 언제까지 이어지고 있었을
까
　너의 이름을 부른 이들은 다들 지금 삼도천의 어느 즈
음에서 흐르고 있을까
　너는 있었을까
　너라고 부를 뿐이었을까
　너의 이름을 새겨 두었던 거기는 있었던 걸까
　쓴 적은 있었을까
　이름은 있었을까

나는 유죄입니다.*

팔다리 한껏 펼쳐 기지개만 펴도 날아갈 듯한
슬픔이 오그라드는 그런 날들이 있다.
아무도 들키지 않을 것 같은 날
아무에게도 보이지 않을 것 같은 날
실낱 같은 눈길 하나에 무너지고
희망 같은 쓸모없는 헛웃음에 울지도 못할 그런 날

멀리서는 개가 짖고
새도 어느 쯤에선가 울고 있었을까
혼자가 아닐 수 있다는 생각을 한 적은 있었을까
짖는 개가 나와 상관없는 소리가 아니라고
그렇게 믿었던 적은 없었을까
개라도 짖어주길
새라도 한 번 쨱 소리 내어 주길
어둠인지 빛인지 가늠되지 않는 순간
슬픔에 익사되는 날이
어려서 한 마디도 할 수 없었던 날이
멈추던

검은 날,
너는 어디에 있었고, 나는 어디에 있었을까

할딱거리던 숨보다 먼저 끊기고
버티던 심박보다 먼저 정지된
시선,
내 것이 아닐 거라고 네 것이 아닐 거라고
아무 말이나 뱉을 수 있을까
너의 어린 날이
나의 어린 날이
그 날이,
우리의 날이 아닐 수 있었던 걸까

나는 그냥 멀리서 짖는 개였을 지도 모른다.
아니,
멀리서도 개집에 꼬리 말고 틀어박혀
눈 감고 허겁지겁 겁만 삼키고 있었던 비겁한 비루함
이었다.

모르지 않는다.
아무도 보지 않은 날
아무도 못 보지 않은 날
어려서 슬픈 날
익사된 날들이니
아무 것도 확인할 수 없다고 가슴 쓸어내리며 안도하
던 끔찍한 날

* 2014년 4월 16일, 이 나라의 모든 어른은 죄인이 되었습니다.

1년 4겨울

나의 계절은 징검다리
한 겨울, 두 겨울, 세 겨울 건너
겨울로 가는 징검다리

나의 계절은 징검다리
1년 내 봄을 건너
여름을 딛고
가을을 넘어가는
1년 내
사계절, 사겨울

뉴스

오늘 나온 말이 내일은 전염병처럼 번졌다
모두 사실이라고
모두 국민을 두려워하라고
모두 심판을 기다리며
모두 너를 향해 날을 세우고
나만 가린 세상에서
오늘 나온 주인 없는 말이 두 눈만 벌겋게 뜨고
핏발 세운 전염병처럼 번졌다.

폭설

한낮 졸음에 늘어진 개꼬리 같은 하루
노을 아래 져 가면
개와 늑대를 구분할 수 없던 인디언의 시간이 멈추고
소낙눈이 내렸다.

바람의 빈 등은 눈발에 얹혀 하늘로 오르고
폭설에 잠긴 세상
소리도 삼킨 시간
눈을 업고 온 바람, 짐을 푼 나그네처럼 잠든다.

나의

나의 울음은 너의 언어가 아냐
나의 울음이 너의 어깨에 얹혀 한 마리 새가 되면
나의 울음이 봄을 부를 수야 있겠지.
나의 울음이 너의 꿈을 파고들면
너의 울음이 나의 목줄기를 타고 흐를 수는 있을 거야
나의 울음이 너의 귓전에 맴을 돌아야
텅 빈 네 귀 속 빈 길
순수한 울음만 채워지는 날, 그런 날이 오겠지.

그럴 수 있다면

새끼손가락 손톱 끝에 뇌가 달려 있으면 좋겠다.
오늘 하루를 푹 절은 양말과 함께 벗어던질 수 있으면, 정말, 좋겠다.
새끼손톱에서 길어나온 생각을 도각도각 도려내고
시간의 구린내는 젖은 행주와 함께 폭폭 삶아 빨고
침묵을 듣는 차 한 잔으로
하하
목청껏 토해내는 웃음을 마시고
그럴 수 있다면
하루,
참 살 만할 텐데

인간적인, 너무나, 인, 간, 적인

　시장 어귀, 발이 머뭇거린다.
　좌판에 누운 나물들, 반쯤 녹은 생선들, 막 튀겨지고
지져져 나온 것, 것들
　가난에 팔려 한꺼번에 떠밀려 나온 흑백 필름 어린 기
생들 배배틀린 몸 같아서
　자꾸 눈길이 떨어진다.
　손에 구겨 쥔 만 원짜리 몇 장이 화대 같아서 숨길이
가쁘다.
　시장의 외설은 아무도 탓하지 않는다.
　혹여 사람을 사고판다는 말은 한 마디 소문만 일어도
　온 세상이 혀를 물고 피를 토하는 소란스러운 수백만
화소 고화질 시절이 되었는데,
　알몸으로 동짓달 혹한에 고무다라이에 담겨 필사적으
로 몸부림치는 미꾸라지들이 어디서 와서 어디로 가는
지는 아무도 묻지 않는, 물을 생각 한 톨 없는, 시골 장
날
　한 푼이라도 덜 내고 한 줌이라도 더 가지려는 발 빠
른 사람들 걸음이 어깨를 친다.

툭, 툭, 밀릴 때마다 걸음 물러나고
손에 움켜쥔 종이돈이 젖는다.
텅 빈 장바구니 손잡이끈 둘둘 말아 쥐고 엉성하게 돌
아선다.
눈 꽉 감고 주먹 꽉 쥐고
그냥 하루 굶을란다.
하루쯤 인간 아닌 님들에게 드리며
허기로 심신을 채우면 좀 덜 인간적이지 않을까
365일 중 오늘 하루는 그래도 푹 숙인 고개로 칼 쓴
죄인 같은 마음 한 푼어치는 덜어낼 수 있지 않을까

중년

그녀는 생선 살 발라먹고 남은 뼈처럼 비어갔다.
그녀는
참 열심히 살았다.

두꺼워진 발톱이 영혼 같은 아침마다
그녀는 마당을 쓸었다.

긴 밤 뒤로 지는 달의 길을 따라 비질하던
굽은 등은 서리 맞은 배춧잎처럼 말랐고
한 번 쯤 바튼 기침을 했을까
들썩인 듯한 어깨 아래로 아침은 자꾸 쓸려 나갔다.

우리의 시대*

우리가 족적을 남겼던 시대는 우울했다.
사랑도 독서도 우울하였다
그 우울을 밟았던 족적에도 물은 고였고
고인 물은 풀씨도 머물고 꽃씨도 머물렀다.

우울을 먹고 자란 삶들이
꽃으로 필 때쯤
사랑은 피로 물들었고
독서는 독단에 물들었다.
세상을 향해 소리치던 우울은 꽃대 속으로 숨어
어디서도 울지 못했다.
말을 찾아 어둠을 틈타던 사람들의 이상은
말하지 못하는 시대 속에서 꿈으로 영글었던 시절
우악스러운 빛으로 밀려나간 어둠의 시대는
더 이상 할 수 없는 말이 남지 않았으니
아무 시대로든 가버려라!

슬그머니 낡은 운동화를 신장 구석으로 밀어버렸다.

광을 낸 구두 한 켤레 속으로
남은 숨을 털어내고 발을 밀어넣고
헛기침으로 숨을 숨긴다.
이제 우울한 시대의 사랑은, 날지 못해 섧게 울던 날개
는
전설도 되지 못하였다.

하루살이들처럼 몰려다니던 하찮은 꿈들의 시대가 가
고
아무도 성을 쌓지 않는 날들이 많아졌다.
내가 아니면 안 될 것 같았던 세월이
마른 잎처럼 부서졌다.

어디쯤이었을까

족적 속에서 꽃들 피던 그 어느 날
우리가 서 있었던 곳
목놓아 부르던 노래

아무 기억도 믿지 못할 때 쯤
부서진 한 귀퉁이 골목에서
내 잃어버린 뼛조각이라도 하나 주울 날은 어디에도
없다.
차라리 죽어 전설이 되면
그랬다더라는
말 한 마디 남을까

어디쯤일까
어디에 남은 발자국 하나라도
있지 않을까
미련스러운 시선이 자꾸 땅으로 떨어지기만 한다.

* 박현수 시집 『우울한 시대의 사랑에게』, 『위험한 독서』에 대한 헌사

오늘

밤 깊은 어느 봄인가 했다
봄밤 깊은 골목 어디선가 불어오는 바람인가 했다
벗어둔 신발 속으로 바람 한 줄 쉬어가도
그 삶이 다한 줄 아무도 모를 걸
어떻게 살아간 줄 알지 못하는 사람의 죽음은
세상을 떠돌고 있었고
겉이 벗겨 속이 들킨다.

텅 빈 구멍
무슨 수로 채울 수 없다는 걸 알 때쯤이 되면
삶은 죽음보다 멀어져 있다

영혼이 영혼이라 불리는 '어느' 날이었던 봄에는
바람이 불어도 울지 않았고
벗을 몸이 있던 어느 밤에는
사람이 울어도 소리내지 않았다

내가 걸어가야 하는 곳이 길이었던 날이 있었던가

네가 걸어오던 길이 남은 적이 있었던가
너의 삶이 내 죽음과 마주한 그 날에
정돈된 두 발의 남은 흔적은 바람에도 흔들리지 않았
다
물결도 바람결도 소리 없이 지던 그날
꽃이 피니 봄이었고
바람 부니 세상이었다

궁금해도 묻지 않았고
슬퍼도 울지 않았던 그, 날의 이야기들은
다 지워도 지워지지 않는 그, 만큼 떠돌고 있었다
봄은 다시 오고 바람은 그, 치지 않았지만
떠돌던 너와 나의 이야기는
어디쯤에서 걸려 버린 걸까
어느 강쯤에 빠져 익사한 걸까

기억은 사라졌고
거기 있던 신발을 아는 이도 없다

내 죽음이 너의 삶을 넘어가고
너의 삶은 다시 이어지고 있을까
아니, 너의 죽음이 어느 한 숨결에 실려 오고 있을까
바람이 다시 불어도
꽃이 다시 피어도
아무도 기억할 수 없는 그, 날의 일들이 자꾸 유령처럼
악몽처럼
없던 기억 속으로 파고들어와
밤을 깨운다
다시 오지 않을 날이
다시 올 날을 겁박하는 무서운 오늘이다.

착각, 이름

누군가 불러주던 이름이 내 것이라 여겼을 때가 있었
던 것 같다
그래도 그 이름만큼은 나의 것이려니
여기고 살아왔던 날이 꽤 길었던 듯도 하다

남은 날은 늘 지나온 날보다 짧다

남은 날은 늘 지나온 날보다 짧다

몇 개 자모를 이은 글자 셋 속에 나를 욱여넣고 나면
그래도 사람인 것 같아서
그래도 사람에 섞여 사는 것 같아서
이름은 나다! 악다구니를 썼던 날도 있었던 모양이다
이도 꾹 깨물어 봤다.

남은 날은 늘 지나온 날보다 짧다

아무리 내일을 그리고 다시 올 날을 손꼽아도

내일은 그냥 오늘이 되고 말지

아무도 불러주지 않아도 어느 산의 어느 나무는
천수를 누리며 살아가는데
그들의 내일은 늘 내일이던데

남은 날은 늘 지나온 날보다 짧다

하나도 남지 않은 내일이 VR의 화면처럼 사람만 미혹
하는 세상에서
눈으로 빤히 보면서 잡을 수 없는 횃대 끝의 불꽃 같은
남은 날들을
우리는 희망이라 부를지도

불꽃에 타고 남은 잿더미에 앉아서
그래도 불꽃이 있었다고
재처럼 오늘이 부서지고 있지만
내일이 올 거라고, 오구굿을 하던 무당의

활복 치맛자락 꼭 거머쥐는 망부의

그림자 손끝 같은

나의 이름

또, 하루

오래 묵힌 신발 같은 하루를
꽁꽁 얼린다
냉동된 시간을 녹이며
연명하는 들숨 한 번, 날숨 한 번.
땡
녹다 만 만두를 씹으며
함께 얼었던 소비기한도 삼킨다
지난 소비 들숨 한 번, 날숨 한 번.
땡
꺼내지 못한 하루가
구겨진 신발 창 밑에서
썩고
삼키다 걸린 하루가 사레 걸리는

오래 묵힌 신발 같은 하루는
소비기한이 지났으니 폐기하세요.

좋았다

누가 없으니 참 좋았다
혼자 있어서,가 아니라
누가 없어서 참 좋았던 거다

무어든 시선으로만 머물러
누가 없어서 비지 않아
흔들 힘도 없어서
달은 제 몸을 다 채우고 있었다

해가 바뀌고 차오르는 첫 달을 기다리는 동안
비가 내리고 있었고
하늘은 더 가까워지고 있었는지도

그래도 누가 없어서 좋았다
비가 온다고 말할 사람이 없고
달이 감춰질 밤을 나눌 이가 없었고
공기가 차가워져도 안을 이가 없었다

누가 없어서
혼자가 아니라 아무가 없어서
오늘이 그냥 좋았다
울어도 좋았고
말이 없어도 좋았다

시를 쓰자 하니 밥이 설 익는다

설된 것들은 슬프다.
익다 만 것들이 나온 세상은 자꾸 흐려진다.
다시 할게요.
물을 뿌리고 불을 다시 올렸다 내렸다
쓰던 시를 지우고 다시 또 지우고

뜸 덜 든 탄 내
동동걸음치는 속 탄 내
설은 밥 섫다.
설된 시 부끄럽다.
때 되어 다 자라지 못하고 늙어버린 나 같다.
웃어도 웃는 것 같지 않던 나 같고
갈 데 없어 돌아서는 나 같다.

탄 내 밴 선 밥 한 술 푹 떠
물 말아 떠 삼킨다.
채 덜 익은 생쌀이 씹힐 때마다 탄 내 한 마디씩 배어
나온다.

갈 수 없는 나라

어둠을 탈출한 한 땀의 빛만 거기 닿는 곳.
길 잃은 자들만 찾는 곳,
신의 손을 놓은 자들만 지나가는 곳,
속지 않는 자만이 길 잃는 이 세상 뒤에 검게 빛나는
곳,
그곳은
갈 수 없는 나, 라.

나

남이 쓸어낸 자리에 (나)의 가방, (나)의 발을 얹고
남이 만든 책상에 (내) 책, (내) 필통을 얹고
남이 만든 가방, 남이 만든 책, 남이 만든 필통
남이 만든
남이 차려준
남이 내, 어준 것들로
치장하고 으스대며 빌려온 것들로
고개 들고 사는 (나)

마음

가여워 구석진 세상 모퉁이에 마음이 산다.
사람 떠난 자리에 마음 혼자 남아 숨죽여 운다.
찾지 않는 곳이라 그늘진 자리에
마음만 묻혀 있다.

가엽다

시가 방바닥을 쓸고 다닌다.
마루도 기고, 부엌도 닦는다.
급하면 내 팔꿈치도 툭 치고 달려간다.
하루 종일 아무 것도 하지 않고 잠드는 밤엔
씻지 못한 발치에 누워 졸기도 한다.
시가
시가
가엽다.

4부
우리말 (非)사전

?

묻지 않는 시절,
답만 깃발처럼 너울거리는 시절,
어디에도 설 데 없던 물음표가 목발 하나로
비틀거리는 시절,
물어도 물어도 아프지 않은 시절,
상처에서 피가 나도 그게 뭐냐 궁금하지 않은
오늘
묻는 자 묻어버리고
묻힌 자 묻지 못해 순장된 말들에 갇히고
다시는 땅 위로 숨을 뿜지 말라던 선고에
왜
라고
아무도 묻지 않았던, 묻지 않는
오늘,
내일

갈라져 비틀거리는 하루에
어느 편으로도 쓰러질 수 없던 물음표

갈고리가 제 목을 걸고
수직선 위에 섰다
지나온 길은 지워지고
가야 할 길은 떨리고

목발 하나로 버텨내던 어제들은
오느, ㄹ
내이, ㄹ
띄엄띄엄 시들어간다.
제 목을 물고
제 목에 묻고
제 목을 달고
설 데를 못 찾아
절절 매다 허공에 제목을 맨다.

묻지 않는 시절,
모두 답하는 시절,
오늘,

내일,
네, 그래요.
그럼요, 그렇고말고요.
분명합니다.

ㄱ

괭이를 세워들고
고랑을 파
거 뭐든 심어야지
꺾어진 허리를 한 번도 편 적 없는
고단
가파른 비탈을 찍어가는 동안
가물어진 땅에는 땀방울마저 마르고
강 따라 흐르던 둑 넘실대던 풀들마저 시들고
개똥참외 비틀어진 넝쿨 밑으로 잠든
고단 밟고 지나가는
고양이
구부정한 어깨 너머로
고운 해가 진다.

ㄴ

시간의 받침을 떼고
시가 되었다.
절며 가는 걸음을 갈아타고
쉼의 길을 막는다.
무엇도 '그것'이 되지 못한 절름발이
시가 되어 시는 되지 못했다
되었다 못했다 되었다 못했다
되도 못한 시들이
낙엽처럼 떨어지고 있는 시간에
다시 갇히고
다시 버리고
시간을 버리고
ㄴ을 버리고
뚫린 주머니 아래로 손을 뻗어 더듬어도
버려진 ㄴ은 돌아오지 않는다.
부모 잃은 아이처럼 울던 ㄴ,
악몽이 될 때
시는 절름거리던 다리를 자른다.

잘린 다리가 천정에서 흔들리다
목을 매었다.

시간에서 떨어진 ㄴ의 이야기가
전설이 되어
전선에 매달렸다.
아직 아이는 깨지 않았는데
어디에도 길은 없고
다시 돌아가지 못하는 시들은
난데없이 꼬리를 물었다.
제 꼬리를 물다 들킨 고양이의 젖은 털에
터를 잡고 앉아 있으니
가만히 잠도 온다.
숨었던 꿈이 잠 속으로 손을 쑥 밀어넣는다.
아니요!
라고 외칠 수 없었던 아이의 숨이
술처럼 취한다.
아직 길은 먼데,

시는 멈춘다.

멈춘 곳에 피던 꽃은
시든 뿌리만 남았다.
시는 멈추고 아이는 깨지 못한다.
시간의 절름거리던 걸음은 시가 되다 만 채 구른다.

샘

갈다. 분한 꿈속에 빠득대는 이를 젖니로 바꾸면 나도 아이가 될까

감다. 물에 적신 머리칼로 온 몸을 둘둘 가리고

개다. 이부자리에 남은 온기를 접고 구름 걷힌 하늘을 보다.

걷다. 커튼 뒤로 아이가 종종걸음 친다.

걸다. 전화가 울리기 전에 먼저 나를 벽에 매단다.

깨다. 눈뜬 아침, 지난 밤 꿈에 박살 낸 맥주병.

꾸다. 꿈속에서야 빚쟁이가 된들,

놀다. 이 맞지 않는 나사라도 아이들에게는 보석이야.

달다. 저울 위에 설탕을 얹는다.

담다. 장독에 잘 쬔 시간을 쟁이고

돌다. 제자리걸음으로 뱅뱅, 머리까지 빙빙.

두다. 그만! 거기!

들다. 등에 진 짐보다 가슴자리 똬리 트는 네가 더 무겁다.

말다. 금지가 돌돌돌 뭉친다.

맞다. 그렇지! 퍽!

멀다. 저어기서 감은 눈으로 오는 이는 사막을 건너리
라.

묻다. 물음표로 덮인 무덤마다 봉분이 커진다.

밀다. 손으로 미는 것들은 떨어지거나 부피를 잃는다.

베다. 칼을 머리맡에 두고 잠이 들다.

불다. 바람 맞으며 식은 라면을 먹어봐요.

붓다. 쏟아지는 물로 부풀리는 몸.

빌다. 제발 어떻게든, 뭐든, 주시면 안 될까요?

쉬다. 한 숨 내뱉고 드러눕는다. 으, 냄새!

싸다. 포장지 속에 똥, 싸구려.

쓰다. 글자마다 독이 담겨 있던 게 분명하다.

얽다. 뭐든 엮어 곰보진 얼굴을 덮어 다오.

울다. 주름 진 피부로 떨어지는 눈물.

일다. 채로 까불어내면 다시 파도치는 바다.

잡다. 활을 움켜쥐고 시위를 당겨!

적다. 아무리 써봐야 몇 글자나 되겠니?

지다. 넘어가는 해 등으로 받아 어기적 괴나리봇짐

짜다. 날실, 시실로 엮어 간을 맞춘다.

차다. 물 가득 언 강 위로 아이가 잃은 공만 구른다.

치다. 베일 안에 숨은 너를 두드린다.

켜다. 불을 밝히고 현 위로 활을 드리워

타다. 차 한 잔 들고 까맣게 부스러질 때까지

팔다. 시선을 잃었으니 네 눈동자에 값을 매기마.

패다. 막 영그는 이삭 같은 아이의 엉덩이에 피멍.

펴다. 누울 자리에 두 다리, 그 위에 부채와 누가 읽던
책

풀다. 매듭졌던 옷고름 속살만큼 어려운 문제가 있을
까

피다. 묵은 스웨터 올들마다 꽃이 열리고.

헐다. 내 입 안에 폐허.

쯤

쯔음, 착즙되어 떨어질 듯한 발음을 삼키면
목구멍으로 미끄러지는 기억 한 방울, 사레가 든다.
기도와 식도를 제대로 더듬지 못한 기침처럼
덜그럭거리다 시간, 산산이 부서지고
내 어머니 소녀시절 흑백사진처럼 탁탁 갈라져
흐림으로 끝맺는다.

안개

안개다
꿈자리 사나웠던 밤을 안고
이리저리 둘둘 말린 어제는
개켜지지 않은 채
창 너머로 번져갔다.
한 치 두 치 가늠좌를 댈 수 없는 하루가
빛 너머 흐르고
무리수를 둔 걸음은 아무도 따라오지 않는 길을 걸었다.
안개,
내일, 또 하루가 지나도
어제를 안은 이불은 그냥
안개고
안개는 아무 것도 안 본다.
안개다.
안 갠다.
안갠 다

호객

만 짝짝 짝 원, 만 짝짝 짝 원
만원짜리 호객의 말이 손 날개를 따라 퍼진다.
물건과 가격의 불균형을 개의치 않는 사람들 지나친
다.

날개 돋친 말,발목을 긋는다.
발 잃은 말이 나동그라지고
사전에 없던 예고편 거꾸로 돌아가는데
뒷걸음치던 말들이 일렬종대로 늘어선다.

식은 말 잔등 위에 찬 손을 얹고
한 마디씩 잘라
말의 입에 넣어주면
잘 먹고 잘 자라렴
잘 먹고 잘 자렴
잘 먹고 잘
잘먹 고잘

만 짝짝 짝 원, 만 짝짝 짝 원.
장터 구석마다 떨어진 말들이 발굽에 밟힌다.

사이-비

너무 가까이 앉은 낱말의 사이를 띄우라고
가쁜 숨 사이에 반점 하나만한 휴~를 넣으라고
바쁜 걸음을 걸어 잠깐 넘어뜨려 보라고
사이를 벌린다고 비워질 일이 아닌데
벌여놓은 곳에 다시 벌어질 전열은 또 누구의 것이라
고
가벼운 만큼 읽히는 세상에서
무게 그대로 앉아 비대고 있는 침묵을 수의로 덮는다.

아무도 찾지 않는 장례
누구도 울 일 없는 죽음
세울 돌이 없어 비문도 생략
너무 가까이 앉은 사이
너무 가쁜 숨 사이
너무 바쁜 걸음 사이

건너는 발마다 생략이 채인다.
걸려라, 걸려라, 걸려라.

사이 위에 엎치고 덮치는 말들
무덤을 만들고, 무덤 위로 꽃이 진다. 바람이 인다. 그
래서 아무도 보지 않는다.
도시, 한 가운데서
비우는 말들이 돌이 되어 다리를 놓고
도시 위로 떠다니는 말들이 꽃잎 사이로 떨어진다.

아무도 울지 않는 장례식에
꽃이 쌓이고 향이 탄다.
검게 빈 저고리 속에서 말이 기어나와 조문을 한다.
빈 말은 자리를 채우고
빈 사람은 말을 채웠다.
입 없는 말들이 세상을 떠돌고
그 사이에 사이들이 사이를 비집고 들었다.

사이 사이 비가 내렸고
사이비가

온 세상을 적시고 있었다.
곧 장마가 시작될 것이다.
긴 비가 모든 사이를 채우고
사이비가 빈 틈 없는 사람을 만들고
어디서부터 어디까지 세상인지
어디에 쉬어가야 할지
아무도 묻지 않는 그곳에서
너와 내가 다시 만날 일 없는 그곳에서
소리만 창궐하는 그, 곳에서
곳곳마다
곡소리 나는 날

시=(≠)침묵

너: 듣는 이가 친구나 아랫사람일 때, 그 사람을 가리
키는 이인칭 대명사(표준국어대사전)
라고 꾹꾹 눌러 쓰고 나니
네가 없어졌다.

시: 문학의 한 장르. 자연이나 인생에 대하여 일어나는
감흥과 사상 따위를 함축적이고 운율적인 언어로 표현
한 글(표준국어대사전)
이라고 옮겨 쓰고 나니
시가 죽었다.

뭐든 뜻을 새기면
아닌 게 된다.
뭐든 그렇다고 하고 나면
그게 아닌 게 된다.
(침묵)

그거 말고 뭐가 남아?

쉰

쉰,

나이도 냄새가 난다.

시큼한 겨드랑이 안쪽, 아무리 고개를 주억거려도 눈
길 닿지 않는 거기서 나던 그 냄새

쉰,

찬장 구석에 남겨진 시금치무침에서 나던

엄마의 입냄새 같은

쉰,

이제 그만 멈추고 싶은

쉰,

용쓰다 엎어지는

쉰,

꿈

일곱 개의 낱말로 글을 쓰고 있었다.*
세다 보니 일 개가 곱절이다.
일을 곱, 곱, 곱
또 곱, 곱, 곱, 곱
그래봐야 제자리

일, 곱, 개, 낱말 하나
곰곰한 생각들 곱해 봐야 그 자리
매, 일 그, 자리
일만 곱하니, 일 만 번 곱해도 그 자리
곱씹고 또 씹어도
매, 번 같은 맛

내 유년은 곱사등이 등
눈 마주칠 사람 없는 동네
비만 오면 질퍽이던 골목
어느 집 며느리의 딸로 살던
내 유년, 굽고 절어

아무리 곱해도 거기서 굽고 절은 제자리걸음

* 진은영이 2003년 발간한 시집 『일곱 개의 단어로 된 사전』의 제목
에서 착안

봄,

개나리가 되든 개구리가 되든
그냥 봄으로 퉁, 치면 휙, 사라질 말
마디마다 잘라
네 쪽 꽃 잎 선명한 개나리 같은 절기를 만들고
떼어낸 자리마다 뜻으로 앙금 채워
꽃마다 나비마다 던져준다.
불러도 대답없지만
내가 불렀으니 되었다.

내가 불렀으니 되었다.

봄이라 부르면 되는 거고
꽃이라 부르면 되는 거고
나비라 부르면 되는 거다.

사라지는 것들에게 인사를 전하지 못한 사람의 노래

한 해를 살아낸 대견한 아이의 생일은

굴러다니다 발에 채였네

받침 하나 버린 일이 그렇게 큰 일이 되어 버릴 줄 몰랐네

"큰일이야! 큰일이야!"

가위 사이로 소음되던 외침을 아무도 못 들었다고 누가 나서 귀를 열어주지 않겠지

버려진 ㅅ이 앉은 곳은 말의 뒷머리

그랬습니다. 거기 ㅅ이 날아가 내려앉았습니다.

그러고 보니 나비 같기도 합니다.

빼고 보니 젖니를 닮아 지붕 위로 날아갔던 모양이지요.

지붕 위 어데쯤에서 까치를 기다리다 세월이 멀어져 고치를 틀고 추위를 견뎠을까요?

아! 그래서 나비가 되었습니다.

맞습니다. 그렇습니다.

나비가 된 ㅅ이 여기저기 앉을 때마다
사람의 입이 고와졌습니다.
사람의 다리가 곧아졌습니다.
거리가 멀어졌습니다.
저러다 또 어디까지 날아갈지 모르지요.

이럴 줄 알았으면 인사라도 한 마디 해 둘 걸 그랬습
니다.
저벅거리는 군화들 사이에서 ㅅ이 저렇게 날아다닐 줄
알았으면
잘 가
라고 한 마디는 해 둘 걸 그랬습니다.

태어나 살아낸 한 해를 맞고
돌이 된 아이의 삶은 어디까지 굴러갔을까요?
아직 구르고 있을까요?
정말 구르는 돌에 이끼는 끼지 않나요?

구르다 지쳐 잠시 머문 곳에서 이끼를 만났을까요?

구르던 길은 내리막
내리막의 끝은 막다름
막다름에 머문 삶은
결코 같아질 수 없음
아무도 알아줄 수 없는
단 하나의 노래

소나기

글자가 쏟아진다.
고랑마다 주름이 진다.
주름마다 쪼개진 글자들이 비틀거린다.

구름을 뚫고 나온 글자들이
젖은 땅에 흔적으로 마를 때
소나기는 비밀로 이그러진다.

불면

잠들지 못한 눈알 하나 굴러간다.
누군가의 기도로 켜진 촛불이 꺼지고
남은 연기 따라 바람이 걷는다.

3분을 한참 넘긴 일회용기 안에서
한 청춘의 고단이 퍼져가고
변제되지 못한 시간의 채무는
모두 외면하고

잠들지 못한 밤에 구르던 눈알 하나가
심어놓은 순간의 틈에서
모두 만나 섞인다.

지도(地圖)

버석거리는 숨을 한 마디씩 잘라서 요리조리 다시 붙
여보세요.
숨 길 사이마다 새로 길이 날 지도 몰라요.
들고 나는 숨들 사이가 새로 그려질 지도 몰라요.
길을 몰라도 지도를 들고 걸어보세요.

지도가 그려놓은 곳이 갈 곳이 아니라도 뭐 어떨까요.
숨과 숨 마디를 폴짝폴짝 디뎌가며
가끔 기웃대는 숨소리에 심장이 팔딱거리다 보면
사람이 그려질 지도 모르잖아요.

잘못 그려진 지도일지도 모르죠.
그럼 거꾸로 들어보아도 되지요.
물구나무를 서서 온 지구를 들었던 신화 같은 날
나는 신이 되었노라 외치던 그 선언의 날
잠시 눈을 감고
잠이 들어도 괜찮겠지요.
잠의 끝에 마지막 숨 조각을 붙여 놓고

잠든 이의 얼굴에 나의 얼굴을 덧붙여 볼까요?

숨을 곳 찾는 사람은 술래가 될 수 없을 거예요.
숨이 차도록 뛰어도 숨을 수 없어요.
숨이 턱까지 차오른다고 하지요?
턱턱 막히는 숨은 턱을 넘을까요?
턱을 넘고 나면 숨은 갈 길을 찾을까요?
숨길이 머물 수 있는 데는 있을까요?

숨은 나일까요?
숨을 나일까요?
숨길 나인가요?
나는 술래인가요?

양 가슴으로 나눠 선 폐 사이로 숨이 새고 나면
누가 술래가 될까요?

지도는 언제 잃어버린 걸까요?

언제 지도가 있었을까요?
처음부터 없었을 지도 모르지요.
원래 지도가 아는 건 없었을 테니까요.
그럴 지도

석양이 진다

석양이 진다.
노을이라 불러도 진다.
황혼이라 고쳐 써도 진다.
석양은 매일 진다.
파도가 덤벼도
하늘이 걸어도
365일 어느 하루, 한 저녁 정도는 이겨볼 만도 한데
묵묵부답, 지고만 있다.
천동설, 지동설 싸우다 지동설이 이겼던 그 옛날에도
석양은 그냥 졌다.

구구(夊夊)함의 미학적 일기
방해의 글

유현성(시인)

1. 교묘함

먼저, 하나의 전제로 시작하자. 문학은 문학 자신의 언어로 자신을 설명할 수 없다. "붉은 사과는 달"이라는 시적 언어에 대해 다르게 설명할 수 있는 시적 언어는 존재하지 않는다. 그래서 '시적 언어'는 항상 독자적일 수밖에 없다. 결국 문학은 자신을 설명하기 위해 자신의 언어가 아닌 타자의 언어를 빌려야 한다. 많은 문학 작품 해설과 비평에서 논리적이고 정합적인 언어(와 타 학문들)를 선택할 수밖에 없는 이유는 '문학적 언어'를 '문학적 언어'로 다르게 설명할 수 없기 때문이다. 따라서 어떤 시집의 해설 쓰는 것에 대한 곤란함은 피차 논리적이며 정합적인 언어를 택할 수밖에 없는 난감함이 있다. 다른 곤란함은 해설이 시인의 시들을 의미화 하여 시들의 독창적 해석을 가리는 단점으로도 나타날 수 있다. 이러한 난점을 극복하기 위해서 필자는 '교묘한' 방식을 택하기로 했다.

…했었다. 그러나 여러 번 배선윤의 시를 읽을수록 그 '교묘함'이 들어맞지 않는다. 애초에 시가 가지고 있는 진솔함 때문일까. 아니면 지금 이 글을 쓰고 있는 나의 교묘함과 교만함 때문일까. 배선윤의 시를 진솔하다 가정할 때 무장하고 있는 지식 체계들은 그다지 의미가 없어 보인다. 그저 시를 좋아하는 독자로 나를 귀환시킨다. 그 언제인가, 중학교 때 시집을 처음 접하고 시를 써야겠다는 마음이, 생각났다. 그런 마음이라면 이 해설을 진행해도 좋겠다는 마음이다. 배선윤의 시는 머리보다 마음으로 읽는 것이 좋을 것 같다. 머리를 포기하니 다시 시가 들어오기 시작한다.

단지, 몇 가지 전제가 아닌 가정으로 다시 시작해 보자. 시는 사람을 구할 수 있을까? 아니, 시가 구할 수 있는 사람은 정해진 것이 아닐까? 그런 사람으로 배선윤은 어떤 시로 우리에게 오고 있는가?

2. 구(久)한다.

새파란 시인들…. 이라고 써 보자. 최근 젊은 시인들의 감각과 소재들은 '새롭다.' AI부터 최근 담론의 시적 형상들, 기계주의와 미래파… 심지어 SF 소재들까지. '새파란 시인'들은 모두 새로운 것에서 '낯섦'(데포르마시옹)을 얻는다. 하지만 한 가지 염두에 두어야 할 것은 '새로운 것'만이 '낯섦'이지는 않다는 것이다. 데포르마시옹은 어떤 대상을 낯설게 만드는 시각과 표현이다. 자, 그렇다면 오래된 것도 낯설게 할 수 있다. 오래된 것을 마치 새로운 것처럼 표현하여 낯섦을 얻을 수 있다. 그러나 배선윤은 그런 방식을 택하지 않는다. 신조어로 쓰자면 배선윤은 '낡은 것을 구(久)하게 한다.' 다시 말해 낡은 것을 더 오래되게 만들어 시적으로 낯설게 만든다. 이 시집의 첫 시를 보자.

새벽보다 먼저 깨던 아버지의 하루는
도라무통 타들어가는 나무와 함께 꺼져갔다

누가 그의 이름을 불러 딱 3만원이 되는 날만큼은
한 집안의 아버지였다.

아무도 그 이름을 부르지 않는 날수만큼
흰 머리 늘어갔고
딸의 유년은 비온 뒤 풀처럼 맥없이 컸다.

　　이름 없는 아버지의 날들이 메울 수 없는 구멍 속으로 떨
어질 때마다
　　하루씩 자라는 딸

　　얼근한 취기에 객기를 불어넣던
　　지폐 석 장에 지워진 이름

—「아버지의 이름」 전문

　　대체로 첫 시를 시집의 길잡이로 여기는 관습을 따르
자면 '아버지'라는 인물은 굉장히 중요하게 다가온다.
이후의 시들에서도 가족 서사가 대체로 많이 등장한다.
아버지는 가족을 지키는 하루만의 사람이다. 그 하루를
태워 나무와 함께 꺼져 가는 사람이다. 그런데 '도라무
통'이라니?

　　각주를 달까 하다 적는다. 도라무통이 뭔지 몰라 검색
해 보니 '드럼통'이다. 그제야 시가 다시 보인다. 자, 이
것이 배선윤이 선택한 '낡은 것을 구하는' 첫 번째 방식
이다. 잊었던, 죽었던 사물과 단어를 다시 여기에 씀으
로써 사물과 독자를 구한다. '새파란 독자'에게 도라무
통은 너무하다? 그러나 너무하기 때문에 진솔하게 시가
다가온다. 새파란 독자가 살지 않았던 그 시절의 그 공

간으로 독자를 구(求)한다. 이름을 불렀을 때 '3만원'의
가치가 되는 사람, 그것이 아버지의 이름이자 무게다. 나
이가 들어 아무도 그 이름을 부르지 않게 되면 그제야
나무와 함께 꺼지지 못한 하루가 그에게 온다. 무심하게
딸의 유년은 맥없이 크고.

　그런 태우지 못한 하루가 모여 이름 없는 아버지의 날
들이 '도라무통' 구멍 속으로 떨어질 때마다 빛이 나는
것은 '하루씩 자라는 딸'이다. 지폐 석 장에 자기 이름이
지워져도, 살아가는 것이다. 살아가는 것은 지워져 가는
것, 그러나 동시에 '객기'라는 생동성을 얻기도 하는 것.
그것이 배선윤에겐 "아버지의 이름"이다. 이런 입장에서
보았을 때 배선윤이 선택한 시적 정황과 소재들은 앞선
'새파란 시인'들처럼 신선하거나 새로운 것들 속에서 의
미를 창출해 내지 않는다. 본질적이고 오래된 정서에서
출발한다.

　　나의 20대, 나타샤를 사랑했던 백석 닮게 살겠다
　　치기에 발목이 잠겨 비틀대던 그 시절
　　아버지의 구두는 한 번도 바뀐 적이 없었다.
　　기름밥을 먹어도 신발은 단정해야 한다며
　　기름때 한 점, 먼지 한 톨 없던 아버지의 구두코

이 빌어먹을 도시에는 눈도 내리지 않아
눈만 푹푹 내리는 날을 백석처럼 사랑할 수 없다던
객기를 웃어넘기던
아버지의 구두는
늘 광이 났다.

멀리서 개가 짖던 볕 좋던 초여름
아버지 가시던 그날,
단벌의 구두를 안고서야 울었다.

태우지 못한 아버지 단벌의 구두
반짝이 구두코로
메우려던 아버지 뚫린 밑창이 서러워서

흰 당나귀를 찾겠다고 헤매던 내 빈 날들을
아버지 구두, 하루씩 닳았던 날들로
채우고 있었는데
아버지 몽키 하나로 채우던 나의 시간들
아무리 구두창이 닳아도 걸음
가벼워지지 않았던 아버지의 시간들
구멍 난 아버지

—「낡은 구두창」 전문

"나의 20대, 나타샤를 사랑했던 백석 닮게 살겠다"라는 첫 행부터 우리는 '구(久)함'을 느낄 수 있다. 배선윤은 오래된 것들로부터 시를 전개한다. 나타샤와 백석도 오래된 것이다. 그러나 오래된 것의 역설은 그것이 지금도 살아 있다는 것이다. "오래된 것이란 과거에 있었다"가 아니라 "과거에서 현재로 온 것"들이다. 배선윤은 그러한 의미에서 '아버지'를 현재에 소환한다. '구(久)'에서 출발한 정서는 보편성을 획득하면서 독자의 시적인 장을 확대시킨다. 아버지라는 '구(久)'는 나라는 '신(新)'에 대한 치기 어린 객기를 웃어넘긴다. 새로운 것을 구(久)한(오래되게 한) 것이고 구(救)한 것이다. 아버지의 웃음은 지난 오래된 것들, 청춘과 젊음을 보낸 사람의 비웃음이 아니라 그 찬란함에 대한 웃음일 것이다. 그러므로 아버지의 구두는 빛난다. 오래된 것은 낡아 간다. 구두처럼 뚫은 밑창이 생기기도 한다. 그래서 '구멍 난 아버지'는 새로운 시적 표현으로 현상한다. 낯섦에서 새로운 것의 변증법적 귀환은 '구멍 난 아버지'였다는 '회귀적 인식'에서 시적 주체에게 어떠한 진리치를 전달한다. 그것은 지난 시간을 회상하면서 오래된 것을 오래된 것으로 만들어 버리는 '구구(久久)함'에 있다.

반전으로 이제, 도식적으로 다시 「낡은 구두창」을 보

자. 소재가 새로운가? 정서가 새로운가? 서사가 새로운가? 몇몇 이들은 아마 「낡은 구두창」이 시 문학사에 있어 '새롭게 보이지' 않을 수 있다. 하지만 내가 눈여겨본 새로움은 앞서 말한 '구구(久久)함'에 있다. 오래된 것을 오래된 것으로 만들기. 오래됨을 오래됨으로 보는 동어반복적 기법으로서 오래된 것을 정말 오래된 것으로 '그대로 취급하기'는 배선윤이 선택한 미학적 선택이다. 이 '그대로 취급하기'는 새로운 것들만 찾는 이 시대에 '구멍 난 아버지'처럼 새로운 '타자'를 등장시킨다. 이것이 배선윤이 선택한 '구(久)함'을 '구(救)하는' 방식이다. 따라서 1부에 나타나는 가족 서사는 '낡은 것'이 아니라 '구함을 구하'는 방식으로서 시론으로 보아야 한다. 그렇다면 배선윤이 보는 '시'는 무엇인가?

> 시가 들어온 공간은 헝클어진다.
> 고요하게 젖은 시간의 바닥이 일어난다.
> 시는 성가신다, 내가.
>
> ─ 「시」

여기서, 약간의 내(글쓴이의) 자아를 개입해 본다면, 오히려 나는 시를 성가셔 한다. 시가 귀찮고 시가 좋지 않다. 시에 대한 애정이 식은 것도 있지만 시가 나를 너무

힘들게 한다. 나를…

그런데 배선윤이 말하는 '시'는 반대다. 시가, 시인을 성가셔 한다. 나에게 있어서는 주체의 도치랄까. 시가 시인을 성가셔 한다니! 아직 시는 시인에게 애정이 있다! 왜냐하면 시인을 성가셔 하니까! 자, 배선윤의 '시'가 독자를 구하는 두 번째 방식은 나에게 있어 삶과 시에 대한 애정이다. 시가 내 속을 뒤집어도, 그래도 시를 애정하는 것. 정말 시를 좋아하지 않은 사람이라면 불가능한 애정이다. '새파란' 내 마음에 새 파란이 일어나는 지점은 이러한 단순함이다. 때론 수사적 화려함에 빠져 다양한 이미지와 오브제들을 쓰는 나에게 있어 이런 단순함은 오히려 단단한 단순함으로 다가온다. 단순해지는 것. 배선윤의 시가 낡은 것을 구하는 두 번째 방식이 이것이다.

3. 귀신적 주체? 구신적 주체?

너의 이름을 써 두고 거기 없는 너를 만진다

生과 死 두 글자 사이에 영매처럼 걸린 발톱과 손톱에서
피가 나고 식은땀이 흘러도
알지 못할 너를 원망하며 시간 속으로 나를 가둔다
태어나지 못한 생명의 잠은 시간을 떠나 자유로이 날고

죽음으로 들지 못한 주검의 꿈은 망령으로 부유하고 있
었다

꿈,
이름들이 사라지고 살들만 춤추고 있었고
이름에 영어되지 않은 너, 그 살들 속에서 금이 간 웃음을
띠고
웃음의 금 사이로
흐르던 물 방울지기 전 땅이 무너졌고
디딜 곳 사라진 공기들은 구름으로 다시 영글어질 수 없
었다

너의 이름 새긴 붉은 부적 속에서
태어나는 건 네가 아님을 나만 모르고 있었다 치자
부적을 떼면 볏짚허재비로 돌아갈 너를
내 손에만 움켜쥐고 있었다 하자
그래도 살아야 하니까
그래도 숨을 쉬어야 하니까
아무도 환상을 환상이라 부르지 않는 이 곳에서
저 곳까지 이어질 끈을 너의 볏짚을 풀어 꼬아보기라도
해야지
延---命, 염병

꼬깃꼬깃 말아둔 뭉치를 풀고 풀고 또 풀어

누가 너였는지

어느 마디가 너의 이름이었는지 흐려지는 기억

삭아가는 끈처럼 아득해지면

삶을 디디고 살아온 발, 밑으로 삼도천이 흐르고 있었다
는 걸 알까

낮은 데서 높은 데로 역류하는

삼도천을 따라 나도 그저 흐를 뿐이었다는 것을

너는 알고 있었겠지

너는 어디서부터 시작되었을까

너를 풀어낸 지푸라기들은 언제까지 이어지고 있었을까

너의 이름을 부른 이들은 다들 지금 삼도천의 어느 즈음
에서 흐르고 있을까

너는 있었을까

너라고 부를 뿐이었을까

너의 이름을 새겨 두었던 거기는 있었던 걸까

쓴 적은 있었을까

이름은 있었을까

— 「이름」

「이름」을 보자. 이름은 누구나 다 갖는 '기표'이다. 그런데 "너의 이름을 써 두고 거기 없는 너를 만진다"라는 행위는 오롯이 '기표'로만 남은 너에 대한 텅 빈 공백에 대한 그리움의 더듬음이다. 시간은 아픈 마음을 격리시키는 격리실처럼 생과 사 사이에 시적 주체를 놓는다. 그래서 이때 '망령적 주체'가 된다. 망령적 주체, 귀신적 주체, 유령적 주체로 이 시의 주체는 이름만 남겨진 '너'에 대해 염을 한다. 현실과 꿈의 경계를 무너트리는 이러한 귀신적 주체를 필자는 '구신(久新)적 주체'라 부르고 싶다. 오래된 새로움…. '너'라는 이름만 남은 이 세계에 너라는 실재를 탐구하고자 그리움의 더듬음, 염이라는 상징적 형식을 차용해 보지만 '네'가 어디서부터 시작되었는지 모르는 이 오래된 새로움. '너'를 귀신으로 만드는 것이 아니라 '구신'으로 만드는 구(救)함의 방식. 이것이 구구함의 미학이 만들어 낸 새로운 주체다.

그래서 "나의 울음은 너의 언어가 아"(「나의」)니다. "그 이름만큼은 나의 것"(「착각. 이름」)이라 여겼던 날들도 '너의 시간'이 아니다. 사람의 이름은 낡아 가면서 흔적이 각인되는 것 같지만 이름에 각인되는 것은 아무것도 없다. 그 이름으로 서는 '주체', 즉 이름과 결별할 거리에서 이름을 지켜보는 진정한 주체의 자리가 '나의' 무엇이다. 오래된 새로움을 구하고자 하는 배선윤에게 시는 "설된 시는 부끄"러운 존재가 되고 "때 되어 다 자라지 못하고 늙어버린 나"(「시를 쓰자 하니 밥이 설 익는다」)는 '오래된 것'으로서 '나'를 인지하게 한다. 그러나 오래된 것은 부끄럽기만 할까? 늙음은 부끄러움일까.

> 말을 하고 싶다.
> 그보다 더 가끔은 짖고 싶기도 하다.
> 어쩌다 한 번 비 오는 날이면
> 길바닥에 눌어붙은 고양이였던 흔적 위에
> 몸뚱이를 포개 뉘어
> 열 셀 동안 숨어야 하는 술래 등에
> 스멀스멀 기어오르고 싶다.
>
> 가끔은 말을 하고 싶다가
> 가끔은 말을 닫고 싶다가
>
> ―「가끔」

    말 너머의 짖음, "가끔은 말을 닫고" 싶은 짖음. 시는 애초에 짖음이 아니었을까. 아무도 이해하지 못하는 '말'을 쓰는 것, 하나 밝히자면 이 해설의 초고 제목은 "구구(久久)함의 미학적 선택들 ― 해방을 위한 방해의 글"이었다. 그러나 배선윤의 시를 다시 보고 다시 봐도

'선택들'이 아니다. 구구함의 미학적 일기다. 하나하나, 가끔 말보다 시를 종이에 떨궈 두는 '행위들'이다. 시의 기록이라는 사소한 행위들이 모여 이렇게 시집으로 세상에 나왔을 때 그 시집은 '공적 일기'로 전환된다.

가끔, 가끔 어떤 시집이 스근하게 다가올 때가 있다. 내가 미래를 예측한다면 아마 배선윤의 시집이 그럴 것 같다. 스근하게, 느근하게 다가올 시집. 언젠가 화려한 시집들에 지쳐 말에 말의 말로… 지쳐 버렸을 때 어느새 바래져 버린 배선윤의 시집을 꺼내들어 삶을 다시 단출하고 단순하게, 구(求)할 것이다. 오래된 나를 오래된 나로 둘 것이다. 나를 오래 두는 것이 삶이며 공적인 일기라면 배선윤이 보는 세상에 대한 시각도 유효하다.

우리는 오래됨이 우리를 구하는 방식에 대해 잘 안다. 피로 이뤄 냈던 민주주의와 헌법 정신이 지금의 우리를 구하기도 하며(「뉴스」), 과거의 죄책감과 그 죄가 우리를 설된 부끄러움으로 행동하게 만든다(「나는 유죄입니다」). "365일 중 오늘 하루는 그래도 푹 숙인 고개로 칼 쓴 죄인 같은 마음 한 푼어치 덜어낼"(「인간적인, 너무나, 인, 간, 적인」) 수 있는 이유는 그 오래된 '인간적인 것'이 구신으로 살아남아 우리에게 새로운 정신의 뼈를 부여하기 때문은 아닐까?

그래서 이 해설의 초고 제목의 부제가 '해방을 위한

방해의 글'에서 방해의 글로 바꾼 이유도 그것이다. 이미 해방되어 있는 시를 이 수준 낮은 방해의 해설로 해방한다는 것부터가 과하다. 그냥 방해의 글이라고 하자. 하지만 이 방해의 글이 할 수 있는 것은 단지 어떤 독자의 낮은 생각이 뻗어 나간 궤적을 보여 주는 것뿐이다. 어쩌면 배선윤의 시에서 내가 구한 것은 시심, 일지도 모른다. 시의 마음을 다시 생각해 보게 한다. 시의 마음이라는 것을 내가 생각한 것이 얼마나 오래되었는지, 그 구구함을 만나게 해 준 배선윤의 시가 새삼 낡은 것을 고고하게 한다는 것을 깨닫는다. 이 해설은 그래서 구차하고 구구하다.

4. 교묘한 구신의 구구함과 고고함

그러나 이 해설이 "잘못 그려진 지도"(「지도」)로서 배선윤의 시들을 방해하는 요소가 되더라도…, '말'이다. 이 '말들'이 배선윤 시의 진술함에 비해서는 모자라지만 그럼에도 고개를 들어 이 글을 해설로 제출하는 것에 망설임은 없다. 방해 속에서도 해방하는 시가 있다. 나는 이 시집의 독자가 그러한 것들을 느꼈으면 좋겠다. "3분을 한참 넘긴 일회용기"(「불면」)의 시간 속에서 오래됨을 발견하는 지금 아마, 비처럼 "글자가 쏟아"(「소나기」)

질 것이다. 피할 것인가? 맞을 것인가? "쉰,/나이도 냄새가"(「쉰」) 있다는 것을 깨닫는 오래된 것을 오래된 것으로 만드는 시간 속에서 당신이 펼칠 이 시집의 시간은 페이지마다 켜켜이 꽂혀 있을 것이다. 시집의 시간은 정지된 시간이라 당신이 펼치기 전까지는 흐르지 않는다. 쓰면 사라지는 것들에 대해 "꾹꾹 눌러 쓰고 나니/네가 없어"(「시=(≠)침묵」)지는 세계에 대하여 당신은 무엇을 구할 것인가? 시인이 펼친 '굿판'과 '구판' 사이에서 귀신과 구신이 노니는 이 시집에서 당신은 어떤 사이의 시를 탐색할 것인가?

이제, 이 방해를 생각하지 말고 온전히 '배선윤의 시집'을 읽어 보자. 그것이 유일한 독자-주체적 자리다. 시집은 시 너머 시다. 그 너머마다 또 다른 시가 있을 수 있다. 시와 시 사이 어떠한 시가 있다. 그 시에서 우리는 자신을 발견한다. 우리는 한 편의 시를 읽고 다음 시로 넘어간다. 그 페이지를 넘기는 순간, 과거의 나도, 오래된 나도, 그러한 구구함도 넘어간다. 그리고 새로운 오늘이 도래하고, 새로운 시가 도래한다.˙

자, "찾지 않는 곳이라 그늘진 자리에"(「마음」) 시가 묻혀 있다. 시집 특성상 시 옆에 시가 있고 시집을 덮으면 시가 시를 덮는다.

여기 시만 묻혀 있다.
오래된 것이 있다.
오래된 것을 오래된 것으로 만드는 구구함이 있고
그 구구함 속에서 고고함이 있다.

이제 이 해설을 묻고
새롭게 솟아나는 배선윤의 시를 다시 볼 차례이다.

* 이쯤에서 밝히는 것이 좋겠다. 많은 시집 뒤에 있는 비평과 해설
에는 각주들이 달려 있다. 하지만 그러한 지식의 '출처' 같은 것이
배선윤의 시에서는 필요하지 않다. 마음으로 읽고 마음으로 쓰는
것이 좋다는 글쓴이의 판단이다. 많은 각주들이 오히려 시를 읽는
방해 요소로 자리 잡기도 한다. 시에 각주를 달아둘 필요가 있을
까? 적어도 나에게 시집의 해설은 그런 각주 달기가 아니다. 그래
서 이런 마음만을 조심히 각주에 달아본다

후기

시가 세상에 나온다는 것은 벗은 삶이 한 번도 녹은 적 없는 동토 위에 맨 발로 서 있는 것이다. 아주 오랫동안 "시"라는 난제는 수학 시험지 맨 끝 배점이 제일 높은 서술형 문제처럼 절망적이었다. 하루도 쓰지 않은 날이 없으면서 내게 "시인"이라는 낙인을 새긴 날로부터 한 편도 세상에 풀어놓지 못했던 갇힌 시들의 빗장을 연다. 시를 내며 "세상이여, 조심하라."고 외치던 내 스승의 호탕하시던 갈(喝)은 고사하고, 겨우 살얼음판에 디디는 한 걸음이니 "시여, 굽어살피소서."라고 읍소한다. 시들의 세상이 나와 너의 세상과 다르지 않기를 바랄 뿐이다.